笑いあり、
しみじみあり

シルバー川柳

明日《あした》があるさ編

みやぎシルバーネット＋河出書房新社編集部 編

河出書房新社

本書は、宮城県仙台市で発行されている高齢者向けフリーペーパー『みやぎシルバーネット』に連載の「シルバー川柳」への投稿作品、および河出書房新社編集部あてに投稿された作品から構成されました。

投稿者はみな、六〇歳以上のシニアの方々です。『みやぎシルバーネット』への投稿者の多くは仙台圏在住の方ですが、それ以外の地方から投稿されている方もいます。また河出書房新社編集部へは、全国の皆さんが川柳をお寄せくださっています。なお作者の年齢は、投稿当時の年齢を記載しております。

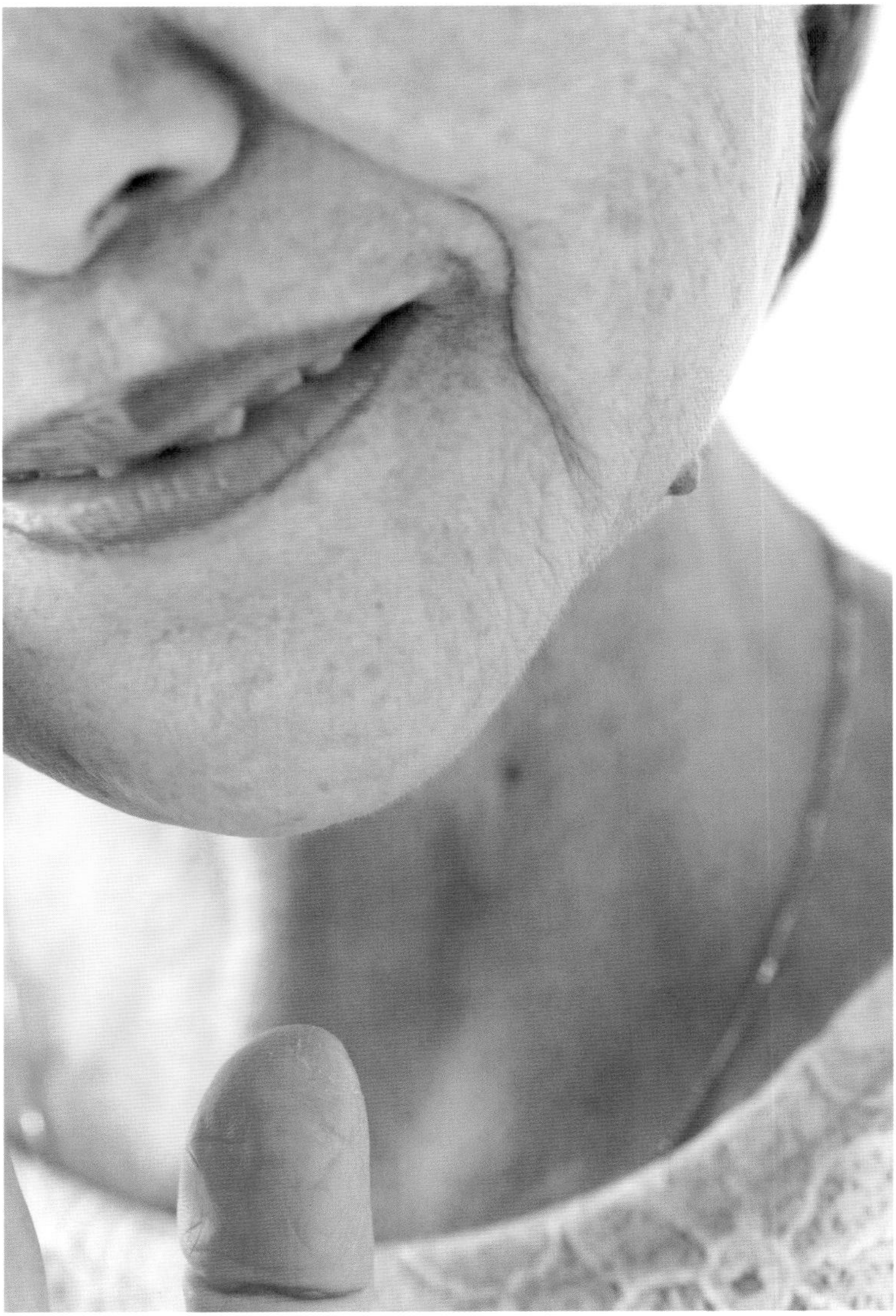

駅名を
付けてみようか
ほうれい線

守永京子（72歳）

よーいどん
走っているが
10m

比嘉典子（77歳）

足細き
我ぬかし去る
小犬でも

中田節子（88歳）

ボケてない
安い茶碗を
割っている

近藤圭介（68歳）

年重ね
昔アモーレ
今尿モーレ

松永俊之（73歳）

部屋着兼
外出着兼
パジャマ兼

山田 修（64歳）

冷えるとて
デブで冬越す気の
女房

門馬旭（86歳）

妻メイク
いつ迄《まで》待たせる
デカイつら

清水定芳（75歳）

体重計足置く位置を変えてみる

瀬戸睦子（72歳）

孫と風呂
オシッコした湯で
顔洗う

千葉幸規（68歳）

潮干狩
お尻ぬらし
孫はしゃぐ

尾崎サカエ（89歳）

爺《じい》様《さま》が
スマホにはまって
さあ大変

太田一義（82歳）

携帯は
落とさぬように
家に置き

島田正美（71歳）

スマホデビュー
返信があり
ミニ喝采

菅原育子（72歳）

珍メール
行き交う我等は
70代

村上クレア（74歳）

とうもろこし
ハーモニカ喰《ぐ》い
もうできぬ

上村つや子（77歳）

老いた婆《ばば》
老いたミシンで
マスク縫う

吉田千秋（89歳）

手作りの
マスク派手かな
妻強要《きょうよう》

馬場俊雄（78歳）

ネコ用の
マスク作った
大暴れ

鹿又和子（79歳）

誰か来た
入れ歯入れずに
マスクする

中原元征（76歳）

リュック背に
孫に届ける
ババイーツ

高橋ゆみ（62歳）

ばあちゃんち
お泊りしたら
朝マック

高橋実枝子（60歳）

ありがとう
産んでくれてと
娘から

横尾千枝子（83歳）

コロナ解除
まだまだ早いと
娘《こ》が騒ぐ

横尾千枝子（83歳）

絵文字にて
今宵も無事と
送信す

西藤幸子（79歳）

ひと安心
めっちゃ元気と
メール来る

佐藤ツネ子（80歳）

暗証を
手のひらに書き
さぁバンク

岡本幸子（77歳）

オンライン
最初は珍し
今めんどう

熱海三枝子（84歳）

マイバッグ
精算前に
入れそうで

村田稔（67歳）

傍目《はため》には
孤独に見えても
われ最高

安原義富（78歳）

介護士さん
幼児語止《や》めて
僕正気《しょうき》

長野 晃（80歳）

温もりが
あるうち俺は
生きている

堀江良彦（77歳）

デパ地下の試食に手が出るシラス丼

石森清子（79歳）

古希になり
結婚話が
ふってわき

お見合いの
一つ二つじゃ
まだ甘い

バツ2で
やっぱり嫁が
いい私

3句とも、石本ゆかり（70歳）

いざ出陣
補《ほ》聴《ちょう》器《き》眼《め》鏡《がね》
柄《がら》マスク

片倉陽子（70歳）

腰よりも口に付けたい万歩計

佐佐木脩（70歳）

お遊戯にちょっと傷つくデイサービス

村上クレア（74歳）

若手です
九十歳でも
ホームでは

天野ハル（89歳）

介護度が
一つ上がって
エラくなり

安根好江（88歳）

初サンマ
値段は見ずに
カゴに入れ

渡辺正思（77歳）

孫主役
爺《じじ》婆《ばば》ほほ寄せ
オンライン

松山敬子（80歳）

婆《ばば》五人
ビデオ電話で
大はしゃぎ

松山敬子（80歳）

ビデオ電話
ちょっと待ってよ
化粧する

松山敬子（80歳）

認知検査
コツが分かって
制覇する

小関美枝子（74歳）

「寝ないで下さい」
脳波検査の
むこうから

渡辺靖子（74歳）

課 題：下の図形を書いてください。

20XX年

点

【質 問】

1-1. 今年は令和何年ですか？

2. 今の季節は何ですか？

3. 今日は何曜日ですか？

4. 今日は何月何日ですか？

は、何県ですか？

何市です

駄目だなあ
頭はおぼろ
髪とろろ

長野 晃（80歳）

ジンワリと
股間の温み
気の緩み

奥田定夫（74歳）

安全と思った家で骨折す

及川たい子（72歳）

孫《まご》看護師
帰って来いと
言いたいの

遠藤英子（83歳）

もみじの手
今じゃ鉄道
運転士

山田和子（77歳）

遅咲きの
息子は五十路《いそじ》
反抗期

宮川裕子（79歳）

婆《ばあ》ちゃんは
お荷物ですか
邪魔ですか

宮川裕子（79歳）

秋のバラ
元気でいてと
我に言う

遠藤幸代（71歳）

友は皆
スマホの画面
孫だらけ

紙谷義和（71歳）

孫来るぞ
10万円を
知っている

片倉陽子（69歳）

おねだりの無理難題を待ってます

長谷川誠子（72歳）

フルムーン
景色ばかりを
撮る女房

近藤圭介（68歳）

妻発す
鶴の一声
「だから何」

島田正美（71歳）

期限切れ
「混ぜれば一緒」と
妻の鍋

中田利幸（68歳）

疫病
退散
Amabie

コロナより
寝たきり怖いと
靴を履く

岡本宏正（79歳）

アマビエに
疫《えき》病《びょう》退散
願かける

高橋義雄（82歳）

泣かされた
来世は美魔女で
男を泣かす

五十嵐かつ江（76歳）

万一に
備えフリルの
下着買う

速水朝子（88歳）

よく枯《か》れて
火が点《つ》きやすい
老いの恋

大友寛子（84歳）

孫つぼみ
娘は生花
婆《ばば》ドライ

中田利幸（68歳）

誕生日
ババロアいやよ
モンブラン

埴崎八重子（80歳）

七《なな》十《そ》路《じ》も
時々女に
変身し

比嘉典子（77歳）

紅一点
婆《ばあ》でもマドンナ
囲《い》碁《ご》の会

村上クレア（74歳）

美《び》辞《じ》麗《れい》句《く》
底に詰まった
含み針

小林和喜子（75歳）

口に出た
毒《どく》舌《ぜつ》お茶で
呑《の》み下す

佐藤紀子（80歳）

伴奏を気にせず老いののど自慢

大友寛子（84歳）

カラオケの
再開睨《にら》み
風呂エコー

鈴木武志（71歳）

かなわない
静かなババァの
だんまりに

伊藤善治（69歳）

湯上がりの
妻を見直す
二度三度

岸田紀雄（79歳）

光るもの
ないけど妻の
手がぬくい

山口省三（85歳）

甘えな！と
笑顔で語る
妻は好き

安原義富（78歳）

婆《ばあ》自《じ》粛《しゅく》
テレビと会話
多くなり

石森清子（79歳）

見つめ合う
時が増えたね
金魚さん

川添雅子（70歳）

ばあさんと
呼ぶな夫よ
腹立たしい

中村勇子（67歳）

殺菌の
スプレー向けるの
やめてくれ

村田稔（67歳）

九〇歳以上の川柳の部屋

～あっぱれ！人生の大先輩～

大好評特集！　超シルバーの部屋。
今回の最高齢は一〇一歳。
もうこの年齢の方々のご投稿も珍しくなくなりました。
先達のエネルギーあふれる作品をご堪能ください。

蚊《か》に刺され
こんな年寄
どこうまい

高橋スマノ（94歳）

孫の手で
引き寄せて塗る
かゆみ止め

篠原伸江（92歳）

デイサービス
赤ちゃん抱っこで
笑顔の輪

斎藤恵美子（92歳）

十五人
ひ孫の名前
何だっけ

村田春枝（93歳）

ボケまいと
今日もキバって
漢字書く

斎藤恵美子（92歳）

元気だせ
尿モレなんか
へっちゃらさ

中村佐江子（91歳）

百歳に
棒《ぼう》高《たか》跳《と》びなら
届きそう

千石 巌（91歳）

死ぬの嫌
ドバッと朝から
薬飲む

中村佐江子（90歳）

遺言書
死ぬ為《ため》でなく
生きる為《ため》

氏家さゆき（92歳）

化粧水
頭につけて
苦笑い

村田春枝（93歳）

聴診器
どこへ当てよう
サロンパス

宮脇和恵（94歳）

どこにでも
つく屁《へ》理《り》屈《くつ》と
湿布薬

山内賀代（90歳）

農作業
六十年の
幕を閉じ

馬場加子（94歳）

老い一人
作って三十分
食べて五分

馬場加子（94歳）

90才
恋の火ダネが
まだあるぞ

納谷助男（90歳）

100までは
肉体モリモリ
精力家

納谷助男（90歳）

何かしら
お告げのような
夢を見る

福田ハナ子（101歳）

孫も居ず
となりの子ども
なでさすり

眞野昭子（93歳）

しびれ手に
曾《ひ》孫《まご》抱かして
くれる孫

宮井逸子（90歳）

九〇歳以上の川柳の部屋

～あっぱれ！人生の大先輩～

へェ若いね
マスク外すと
クモの巣よ

木村紀子（91歳）

いい妻で
幸せ太り
なつかしむ

狗飼艶子（92歳）

山登り
する気でやっと
ポストまで

山本敏行（94歳）

弱視難聴
ふたり合わせて
半人前

波多野安子（95歳）

露天風呂
肌のさざなみ
老いを知る

宮坂 正（96歳）

何時《いつ》逝《ゆ》くか
元号四つで
迎え待つ

原田伊勢朋（95歳）

生きた事
言葉出ないで
涙出る

三浦 和（93歳）

歩けない
新聞の喪《も》を
もう見ない

須藤好敏（93歳）

シナリオに
あなたの介護
ありません

金丸典男（90歳）

世間には
優しい妻と
言っておく

金丸典男（90歳）

寝たきりだ
オムツ呼吸器
初体験

伊藤清子（91歳）

医学書を
かじって医者に
叱られる

宮脇和恵（94歳）

すぐ帰れと
シングルマザーに
云《い》った父

熱海三枝子（84歳）

おいおやじ
墓石熱いが
眠れるか？

中田利幸（67歳）

あの怒り
愛だったのね
お父さん

小野さつき（77歳）

お約束
「トイレ行きます」
『行っトイレ』

中沢民雄（67歳）

生え際だ!!
禿《は》げ際じゃない
生え際だ!!

中沢民雄（67歳）

どこ行くの
その都度聞くな
小便じゃ

山本智志（81歳）

冷蔵庫
熟《う》れたメロンに
女房の名

島田正美（71歳）

薄頭
みかんエキスで
よみがえる

青木三郎（71歳）

かつら付け
鏡に映る
青春よ

鈴木正明（72歳）

骨折し
筋金入りの
腕となり

菅野孝司（73歳）

美しく
老ゆるためなり
腹八分

齋藤美江（86歳）

衣替え
ときめく服が
何もない

柏崎英子（81歳）

割れた爪
かくすマニキュア
桜色

小野幸子（82歳）

印鑑も
一度で押せぬ
手の震え

渡邊美奈子（82歳）

スクワット
しては湿布の
数が増え

田中加子（83歳）

忘れてた
メガネ 木の枝に
光ってた

鹿又和子（80歳）

震度4！
感じていたのは
俺だけだ

長野 晃（80歳）

髪と影
薄いが俺は
生きている

堀江喜代彦（72歳）

「また寝てる」
今、永眠の
練習中！

清水良明（84歳）

父さんと
仲がよいとき
母きれい

梅田真繁（83歳）

ボケたのが
父で良かった
母でなく

波多野旬子（68歳）

縮むだけ
縮んで母は
丸く生き

瀬尾千恵子（77歳）

手《て》鏡《かがみ》で
三《み》日《か》月《づき》眉《まゆ》ひく
米寿です

尾崎サカエ（87歳）

空《から》財布《さいふ》
3日置いても
補充なし

佐々木利明（80歳）

金持ちに
なった気分で
ペイ払い

岡本宏正（78歳）

さわったり
なでたり出来る
紙通帳

村田稔（67歳）

丹精の
成果三食
キュウリ責め

瀬戸睦子（72歳）

新《しん》入《いれ》歯《ば》
やれやれ食べれる
爺の声

米倉和子（79歳）

名も年も
忘れてるくせ
飯は食う

松本富雄（83歳）

若死には
したくないよと
白寿言い

山田 修（64歳）

早歩き
昔の身体
取り戻す

石川勢津子（83歳）

ご来光
毎日見れる
年になり

菊地カツ子（76歳）

子供たち
安否確認
母親だけ

中沢常夫（84歳）

心かくし
来なくていいよ
ハハ元気

勝又千恵子（79歳）

八十路《やそじ》でも
母の温もり
忘れない

増子恵子（80歳）

耳そうじ
するたび憶《おも》う
母のひざ

菅野宏司（87歳）

あの星が
父さんかしら
立ち止まり

鹿野恵子（78歳）

命日に
カツ丼二つ
亡母《はは》と喰《く》う

奥田定夫（74歳）

智恵ないが
三人寄れば
杖《つえ》三本

村上しづえ（69歳）

ラジオ体操
オナラ気になり
手を尻に

君塚みよ子（83歳）

朝七時
今日の仕事は
もう終わり

神崎シゲ子（79歳）

暗くなり
襲われるかもと
婆《ばば》二人

佐藤二三子（92歳）

熊《くま》出没
知らず草取り
婆《ばば》三人

相原綾子（67歳）

先代を
僧に褒《ほ》められ
足すお布施

須田節子（78歳）

吟《ぎん》味《み》する
むかし洋服
いまお墓

浅利桂子（76歳）

形見分け
そんな程度の
遺産分け

岡本宏正（78歳）

墓掃除
墓石にマスク
して帰り

山口俊彦（82歳）

墓《はか》前《まえ》の
花でみんなの
安否知る

高橋ゆみ（62歳）

死神に
片付けまだと
追い返し

吉田千秋（89歳）

遺影でき
喪主決め九年
生きてます

日土榮子（85歳）

悪友に香典弾《はず》み仲直り

阿部良一（76歳）

亡き父の
メガネの指紋
ふき取れず

片倉陽子（70歳）

釣り好きの
夫にわたしも
釣られてた

山内賀代（90歳）

亡き妻よ
入院したので
すぐ帰れ

中鉢紀雄（79歳）

亡き夫《つま》の
息かと想《おも》う
夢の中

山岡京子（86歳）

早起きし九十五歳化粧する

青木節代（95歳）

「ただいま」と
遺影の亡夫に
マスクとる

勝又千恵子（79歳）

又《また》来たよ
趣味はあなたの
墓参り

今野田紀子（78歳）

【編者あとがき】

『みやぎシルバーネット』　編集発行人　千葉雅俊

第15弾となるシルバー川柳の本が出来上がりました。世界中が新型コロナウイルスで大変な思いをしている今だからこそ、「笑い」のチカラで免疫力を少しでもアップさせていただければと思います。掲載した作品の多くはコロナ禍の中で生まれたもの。小紙投句者の皆さんも、必死でコロナと闘い続けています。

「施設で暮らす妻に会えない。ガラス越しで会っても認知症なので意思の疎通ができず、逆にストレスになる」（男性71歳）、「誰とも会わず、声が出なくなった」（女性94歳）、「ハーモニカの慰問演奏の要請が減少してしまった」（男性78歳）、「外出しない、お客さんも来ないため、電話代が増えた」（女性83歳）、「心のハリがなくなり、身体のたるみが増えた」（女性78歳）、「今はうつ状態です」（女性80歳）。

※小紙投句者へのコロナに関するアンケート結果より（２０２０年11月末実施）

こんな状況の中でも、寄せられるハガキはズッシリといっそう重みを増しています。ユーモアを忘れたくない、元気でいることを伝えたい、足跡を残しておきたい、イライラした気分を吹き飛ばさなければ……と、投句を続けてくださっています。人生の苦楽を幾度となく味わってきた皆さんだけに、必ず日常が戻って来ることを、何かに集中することで気が紛れることを良くご存じなのでしょう。

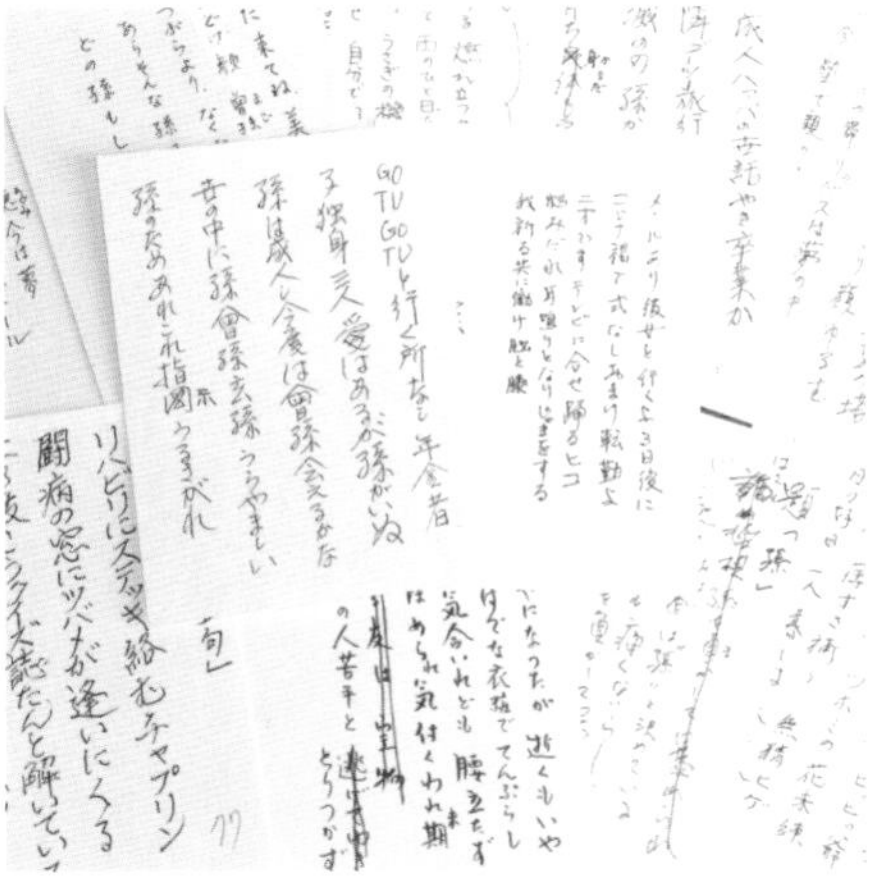
毎月寄せられるたくさんの投稿ハガキ

さて、「笑い」は川柳の核となる要素でもありますが、人を笑わせることは難しいものです。ウケると思った自信作がガッカリの結果だったり、きれいな五七五に決まった一句は標語のようだと言われたり。はたまたそっくりな句をどこかで読んだ気がするとソッポを向かれたり。

しかし、そうならないよう上手に料理するのも、シルバーならではの年の功。お持ちになっている〝具材〟は実に豊か。孫、嫁、伴侶、変わりゆく自分、失った風景を脳裡によみがえらせたり、天国にいる人たちに想いを馳せるのもお手の物です。コロナ禍で外に出られなくても、あふれんばかりの記憶と懐の深さが無限のジェット燃料となり、グツグツと作品を煮たり焼いたりしながらアーティスト気分へ飛びたたせてくれます。〝庶民の文化〟とも言われる川柳。たまには世を人を、そして悪をバッサリなんていうのも悪くありません。真っ先にコロナを五七五の力で斬りつけていただければ、少しは清々できるのかも知れません。

川柳で　コロナ野郎を　投げ飛ばす　山田 明（70歳）

惜しまずに　国税使って　コロナ撃て！　坂部宏子（80歳）

三歳児　ボクがコロナを　やっつける　奥田定夫（74歳）

見ちゃイヤン　マスクの中の　大あくび　木村鏡子（64歳）

こんな絵手紙も投句者から

河出書房新社「シルバー川柳」編集部

コロナ渦の中での第15弾傑作選です。未曾有の事態に次々直面し、厳しい日々を送る方も多いと思います。が、そんな時期だからなおさらでしょうか。人生の先輩であるシルバーの皆さんからは、より一層たくさんの作品が届いています。「しんどい時こそ、笑い、ユーモアを。気持ちを吐き出し、分かちあうのが大切！」。皆さんの川柳からそんな思いが溢れているようにも感じます。

『明日があるさ』は昭和38年12月にレコード発売されたご存知坂本九さんの曲。ままならない恋心を胸になんとか前向きに生きる男子学生の心をコミカルに歌い上げ、大ヒットしました。読者の皆さんには、きっと青春時代から仕事に家庭にと元気に懸命に生きていた頃の思い出と共にある歌ではないでしょうか。今、またこの歌の思いが心に響きます。どんな時にも笑顔で「明日があるさ」！。そんな皆さんのシル川パワー、この1冊で受け取ってください。

みやぎシルバーネット

一九九六年に創刊された高齢者向けのフリーペーパー。主に仙台圏の老人クラブ、病院、公共施設等の協力を得ながら毎月三六〇〇〇部を無料配布。高齢者に関する特集記事やイベント情報、サークル、遺言相談、読者投稿等を掲載。

http://silvernet.la.coocan.jp/

千葉雅俊 『みやぎシルバーネット』編集発行人

一九六一年、宮城県生まれ。広告代理店の制作部門のタウン紙編集を経て、独立。情報発信で高齢化社会をより豊かなものにしようと、高齢者向けのフリーペーパーを創刊。シルバー関連の講演会などの活動も行う。選者を務めた書籍に『シルバー川柳』『超シルバー川柳』シリーズ（小社）、『シルバー川柳　孫へ』（近代文藝社）。著書に『みやぎシニア事典』（金港堂）などがある。

ブックデザイン	GRiD
編集協力	毛利恵子（株式会社モアーズ） 忠岡 謙　（リアル）
写真	ピクスタ
Special thanks	みやぎシルバーネット「シルバー川柳」読者、投稿者の皆様。 河出書房新社編集部に投稿してくださったシルバーの皆様

笑いあり、しみじみあり
シルバー川柳　明日があるさ編

二〇二一年三月二〇日　初版印刷
二〇二一年三月三〇日　初版発行

編者　みやぎシルバーネット、河出書房新社編集部
発行者　小野寺優
発行所　株式会社河出書房新社
〒一五一―〇〇五一
東京都渋谷区千駄ヶ谷二―三二―二
電話　〇三―三四〇四―一二〇一（営業）
〇三―三四〇四―八六一一（編集）
http://www.kawade.co.jp/

組版　GR・iD
印刷・製本　図書印刷株式会社

Printed in Japan　ISBN 978-4-309-02955-9